À Caroline, Oriane, et à toutes les maîtresses
qui ne sont pas assez méchantes pour se retrouver
dans cet album.
C. L.

Pour Émile, Camille, Priscille, Sophie, Anne-Flore,
Clothilde, Joseph et Sam, mes profs et instits préférés !
R. G.

www.ptitglenat.com
© 2016, Éditions Glénat
Couvent Sainte-Cécile, 37 rue Servan, 38000 Grenoble Cedex, France.
Loi 49956 du 16 juillet 1949 sur les publications destinées à la jeunesse.
Tous droits réservés pour tous pays.
Dépôt légal : août 2016
ISBN : 978-2-344-01255-0 / 002
Achevé d'imprimer en Espagne en octobre 2016 par Indice S.L.,
sur papier provenant de forêts gérées de manière durable.

# Comment Ratatiner les méchantes Maîtresses?

Catherine
**LEBLANC**

Roland
**GARRIGUE**

p'titGlénat

La plupart des maîtresses d'école sont formidables et te font découvrir une foule de choses, mais certaines ont quand même quelques petits défauts...

Madame Sambon
Madame qui pue

Madame Polar en retard

Madame Samba s'endort

Madame Lynx
Madame Bigleuse

ZZZ
ZZ

Madame Gélin
Géante

Madame Rigaudeau *Ritropfort*

Madame Nerva *Nerveuse*

Madame Destrier *Déprimée*

Madame Baraki *super baraquée*

Madame Col *Molle !!!*

Il faut bien reconnaître qu'elles peuvent parfois être pénibles.
Par exemple, la maîtresse qui veut absolument que tu restes
assis sur ta chaise et qui t'empêche de bouger.

Il ne te reste plus qu'à te déplacer avec ta chaise...

Ou encore la maîtresse
trop sévère qui te donne
envie de rentrer
dare-dare à la maison.

Pour te donner du courage, tiens fort la main de tes copains. C'est quand même vous les plus nombreux !

Il y a aussi le maître qui est trop cool, et du coup c'est le bazar dans la classe. Ça va si tu aimes la bagarre et ne jamais rien apprendre, sinon, trouve-toi un bon abri...

La maîtresse qui se plaint : « Vous êtes la pire classe que j'aie jamais eue ! »
Ne prends surtout pas cette phrase trop au sérieux, elle la répète tous les ans !
À chaque fois, elle croit qu'elle a la plus mauvaise classe de tous les temps !

La maîtresse qui te gronde toujours mais qui ne punit jamais,
jamais son chouchou !
Décerne-lui le diplôme de « Maîtresse la plus injuste ».

La maîtresse qui te prend pour un génie.
Ce n'est pas désagréable au début, mais ça finit par te mettre la pression : tu n'es quand même pas un super-héros, autorise-toi quelquefois à rater un devoir...!

Ou alors le maître qui te prend pour un idiot.
C'est très désagréable, mais tu peux
lui montrer que tu as des qualités cachées
et des talents artistiques...

Il y aussi la maîtresse aux oreilles mal fichues. Quand tu lui dis que tu as fini ton travail ou que tu veux sortir, elle n'entend rien, mais si tu la critiques, elle perçoit tout !

Mieux vaut communiquer en silence
et par messages secrets...

Attention
à la maîtresse
distraite qui oublie
un de ses élèves.

Si ça tombe
sur toi, fais
tout pour
te rappeler
à son bon
souvenir !

Il y a des maîtresses encore plus terribles...
La maîtresse qui crie tout le temps et si fort
que ça fait trembler les murs.

Le maître aux yeux laser, qui peut détecter la moindre faute et faire des trous partout.

La maîtresse qui parle une langue inconnue... Pas étonnant que tu ne comprennes rien en classe !

Ne pars pas à l'école sans ton kit de survie : bouchons à oreilles, dictionnaires, manuel de magie, bouclier anti-rayons laser...

J'espère vivement que tu ne rencontreras jamais les pires maîtresses du monde.
Je parle de la maîtresse à langue de vipère
qui dit des méchancetés aux enfants :
« Gros patapouf, débile, nul,
irrécupérable... »

Et de la maîtresse dragon, qui gronde, crache du feu et adore distribuer d'horribles punitions !

Avertis tout le monde autour de toi, alerte tes parents, la directrice, et surtout appelle les pompiers !

Si enfin, elle finit par quitter l'école, tu pourras peut-être devenir maîtresse à la place de la maîtresse !

Mais alors, fais bien attention... car tous tes petits élèves risquent de vouloir te ratatiner !